Knut Hamsun

Der Rätselhafte

Deutsch von Nadine Erler

Das Original erschien 1877 unter dem Titel *Den Gaadefulde. En kjærlighetshistorie fra Nordland* bei M. Urdal in Tromsö. Es war die erste Veröffentlichung des damals 18jährigen Hamsun, der noch seinen ursprünglichen Namen – Knud Pedersen – verwendete.

Die Übersetzung erschien erstmals auf dem Blog der Übersetzerin:
https://knuthamsunderraetselhafte.blogspot.com

Inhaltsverzeichnis

1. Aabakken — 3
2. Die Bekanntschaft — 5
3. Gerüchte über Rolf Andersen — 7
4. Die Quittung — 11
5. Die Leute aus der Stadt — 15
6. Nächtliche Abenteuer im Wald — 20
7. Das Geheimnis kommt ans Licht — 26
8. Große Veränderungen.
   Die Heimkehr — 33

1. Aabakken

Dicht bei einer kleinen waldigen Anhöhe, an deren Fuß sich ein kleiner Fluß durch die schöne Wiese schlängelte, stand ein prächtiger Bauernhof. Der gehörte dem reichsten Mann des Dorfes, Ole Aae. Seit Menschengedenken gehörte der Hof namens Aabakken den Bauern Aae, erst Per, dann Knud und so weiter. Jetzt war Ole Aae der Besitzer. Damit sich der Leser einen Begriff von dessen Größe und Herrlichkeit machen kann, beeilen wir uns, zu erzählen, daß ein reicher Mann aus der Stadt 18. 000 Speciedaler für Aabakken geboten hatte. Aber Ole war nicht der Mann, der sich dem Motto seiner guten Vorväter widersetzte. Es lautete: „Aabakken soll für immer der Familie Aae gehören."

Auf Aabakken lebten auch 21-22 Kätner, die ihre Arbeit verrichteten – das verlangte Ole. Dafür nahm er es mit den Zahlungen der Kätner nicht so genau, denn er sagte: „Es kann schwierig für sie werden, sechs bis sieben Speciedaler zusammenzukratzen. Aber wenn sie gesund sind, ist es ihnen ein Leichtes, ihre Arbeit zu machen."

Das waren die Worte des alten Ole Aae, und die meisten Kätner nahmen sie sich zu Herzen.

Einer jedoch hielt sich nicht daran. Er war ein fauler eigensinniger Kerl namens Jens Klæp. Meistens hatte er nur die Hälfte der Arbeitstage abgeleistet, und das jedes Jahr! Vergebens suchte nach Aae nach einem Weg, Jens seine „Unart" auszutreiben, aber es brachte nichts.

Endlich war es soweit, daß Ole Aae sich gezwungen sah, den Mann zu entlassen, und ein anderer nahm seinen Platz ein. Ole Aae schloß mit seinen Kätnern nur mündliche Verträge in Anwesenheit von zwei Männern. Die beiden Männer, die seine und Jens Klæps Zeugen gewesen waren, waren tot, und wenn einer der Partner es für richtig hielt, den anderen der Lüge zu bezichtigen, konnte das leicht geschehen.

Wir verlassen nun Jens Klæp und seinen Nachfolger für eine Weile und nutzen die Gelegenheit, uns Aabakkens Herrlichkeiten und den ganzen Besitz anzusehen. Das schönste Kleinod von Aabakken war jedoch Ole Aaes Tochter – Rønnaug, erst fünfzehn Jahre alt. Ja, sie war hübsch, und trotz ihrem jugendlichen Alter hatten schon viele um ihre Hand angehalten. Es ging wohl nicht allen Bewerbern um das Mädchen selbst, immerhin war sie die Hoferbin. Rønnaug hatte zwei Brüder gehabt, doch die waren dem Fieber erlegen, das damals wütete und viele kräftige junge Männer das Leben kostete. Deshalb war die schöne Rønnaug die künftige Besitzerin des Hofes.

2. Die Bekanntschaft

An einem heißen Nachmittag – kurz nachdem Jens Klæp Aabakken verlassen hatte – stand ein Bauernjunge am Zaun des Hofes. Er trug eine alte Hose und ein zerlumptes Hemd. Bei genauerem Hinsehen entpuppte sich letzteres als abgeschnittener Mantel – die Schöße fehlten. Der Blick seiner großen blauen Augen ruhte verträumt auf dem Wesen, das seine Aufmerksamkeit gefesselt hatte. Auf dem Kopf trug er einen zerfransten Strohhut, der einst schwarzweiß gewesen war. Mittlerweile war das Schwarze vom Regen verwaschen, hatte sich mit dem Weißen vermischt, und so war der Hut nunmehr grau. Die Füße steckten in Schuhen, deren Sohlen mit Draht angenäht waren – und das war die ganze Bekleidung des jungen Mannes.

Er lehnte am Zaun, der leichte kühle Wind zauste seine dunkelblonden Haare, und er gab vor dem blauen Himmel und der untergehenden Sonne ein malerisches Bild ab. Er schien in Gedanken versunken, als plötzlich eine schüchterne, kindliche Stimme ertönte: „Guten Tag. Wo kommst du her?"

„Guten Tag", antwortete der Bauernjunge errötend. Er wandte den Kopf und entdeckte eine Gruppe junger Mädchen, darunter Rønnaug Aae. „Von der Kate Grankveen", antwortete er.

„Ah! Bist du vielleicht der Sohn des neuen Kätners da unten?" fragte Rønnaug wieder.

„Ja", sagte der Junge mit einem Seufzer. Der entfuhr ihm wohl beim Gedanken an den ärmlichen Aufzug, in dem er vor den hübschen, gut gekleideten Bauernmädchen stand.

Also nur ein Kätnersohn, dachte Rønnaug, aber laut sagte sie: „Dann hoffe ich, daß es mit deinem Vater nicht so geht wie mit Jens Klæp."

„Das hoffe ich auch", sagte der Junge mit einem sonderbaren Lächeln, „aber solltest du erfahren, daß Anders Grankveen und sein Sohn nicht alle Arbeitstage ableisten oder die Pacht nicht pünktlich bezahlen, ist einer von uns beiden krank."

„Das will ich hoffen", sagte Rønnaug und machte Anstalten, zu den anderen Mädchen zu gehen, die sich zurückgezogen hatten. Doch vorher sagte sie: „Gib mir die Hand und sag mir, daß wir Freunde sein wollen."

Unter anderen Umständen wäre sie sicher nicht so direkt gewesen, doch als sie vor diesem schüchternen und schönen Menschen stand, hatte sie das Gefühl, daß er es nicht übelnehmen würde, wenn sie einen Kuß verlangt hätte.

Er gab ihr die Hand. Zwei schönere Bauernhände waren sich selten begegnet.

Sie sah ihn an, er sah sie an. Seine dunklen Augen hatten wieder den verträumten Ausdruck angenommen, doch man sah ein Funkeln in ihnen.

Aber warum stehen wir hier und starren uns an, willst du mein Freund sein?“ fragte Rønnaug. Sie hatte das Gefühl, daß sie von einer dämonischen Macht gefesselt wurde und sich losreißen mußte. Sie sah ihn beinahe liebevoll an.

„Ja, gern, wenn meine Freundschaft dich interessiert“, antwortete er. „Wie heißt du, schönes Mädchen?“ fragte er. Offenbar hatte Rønnaugs Direktheit seine Schüchternheit vertrieben.

„Rønnaug Aae“, sagte sie. Sie hielt immer noch die Hand des Jungen. „Und du, mein Freund?“

„Rolf Andersen.“

„Das ist ja ein lustiger Zufall – Rolf und Rønnaug, Aae und Andersen! Hat man so etwas schon gehört? Ja, wir sehen uns sicher bald wieder?“ Noch ein langer Blick – dann war Rønnaug wieder bei ihren Freundinnen.

3. Gerüchte über Rolf Andersen

Der Hof Aabakken lag wie gesagt auf einem Hügel. Von dort aus hatte man einen herrlichen Blick auf die umliegenden Bauernhöfe, die Kirche und das Pfarrhaus, das ungefähr drei Kilometer von Aabakken entfernt lag.

Eines Nachmittags, als die anderen Männer nach dem Mittagessen dalagen und sich ausruhten, ging ein junger Mann grübelnd von Aabakken zum Pfarrhaus. Vielleicht war uns dieser Junge nicht ganz unbekannt. Es war Rolf Andersen. Wir können ihn nur am Gesicht erkennen, denn er hatte seine Kleidung, die aus einem abgeschnittenen Mantel, einer zerschlissenen Hose, einem Strohhut und eisenbeschlagenen Stiefeln bestanden hatte, eingetauscht – gegen neue, moderne Sachen aus Wadmal, neue Lederstiefel und einen flachen Filzhut, dessen Seidenband mit schönen Vergißmeinnicht bestickt war. Die Weste war aus selbst gesponnenem, rotkarierten Stoff, und aus ihrer rechten Tasche schaute eine große altmodische silberne Uhr hervor. Er ging langsam und blieb dann und wann stehen, als würde er auf etwas lauschen. Oft murmelte er abgerissene Sätze zwischen den Zähnen vor sich hin. Plötzlich blieb er wieder stehen, stand eine Weile still, dann drehte er sich rasch um und ging den staubigen Weg zurück, obwohl es nur noch zwanzig Schritte bis zum Pfarrhaus waren. Eine Weile ging er schnell und erhobenen Hauptes und schaute nach vorn, doch plötzlich hörte er einen Laut. Er senkte den Kopf, und seine Wangen wurden feuerrot. Dann warf er einen verstohlenen Blick an den Wegesrand und sah einen Schatten und dann zwei kleine Füße. Es war Rønnaug Aae. Sie summte eine Melodie vor sich hin, bis sie Rolf sah, dann verstummte sie. Sie erkannte ihn nicht, und das war kein Wunder, denn er war ja ein ganz anderer Mensch.

Doch er hatte Rønnaugs Stimme erkannt, als sie summte, tat aber, als sei er völlig ahnungslos. Sie hatte Blumen gepflückt und hielt einen großen Strauß in der Hand.

Rolf ging langsamer, und Rønnaug holte ihn ein. Dann erkannte sie ihn, stieß einen Laut der Überraschung aus, reichte ihm die Hand und sagte: „Rolf!"

„Rønnaug – du hier", sagte Rolf und nahm ihre ausgestreckte Hand. Er drückte sie warm und zärtlich.

„Ich habe oben auf dem Hügel Blumen gepflückt. Sonntagabend findet ein Ball statt, und dann kommen sicher Gäste aus der Stadt, Vaters Verwandte. Die Blumen stelle ich in die Vase, dann sind sie noch frisch, wenn die Gäste kommen", sagte Rønnaug zur Erklärung. Ihr war nur allzu bewußt, daß sie in der Gesellschaft weit über Rolf stand.

Rolf war und blieb verlegen. Er stieß wieder einen dieser tiefen Seufzer aus, die Rønnaug zu Herzen gingen und ihr deutlich sagten, daß er ein unwissender, einfacher Junge war, der kaum wußte, wie man fuhr, pflügte, säte und andere Arbeiten eines Bauern verrichtete.

„Sei nun nicht so verlegen", sagte Rønnaug. „Laß uns auf dem Heimweg ein bißchen plaudern, oder", sagte sie, zufrieden mit ihrer neuen Idee, „wir setzen uns eine Weile auf diese Wiese."

„Nein, das geht nicht …"

„Und warum nicht?" fragte sie traurig.

„Weil – ja, weil Vater zu Hause auf mich wartet", sagte Rolf.

Rønnaug wußte sofort, daß es eine Ausrede war, denn er trug ja keine Arbeitskleidung und geriet sichtlich in Verlegenheit, weil er nicht die Wahrheit sagte. „Ach Unsinn, komm schon, Rolf!"

„Nein", sagte Rolf bestimmt. „Ich erkläre dir bei Gelegenheit, warum."

Rønnaug wunderte sich über diese Entschiedenheit – früher hatte sie den Eindruck gehabt, Rolf würde ihr keinen einzigen Wunsch abschlagen, doch jetzt wollte er nicht neben ihr sitzen. Sie verstand Rolf nicht, sie wurde nicht klug aus ihm. Er hatte sich in letzter Zeit die Sprache und das Auftreten eines vornehmen Mannes angewöhnt. Aus dem Bauernjungen war ein Herr aus der Stadt geworden. War er gar kein Bauernsohn? Und warum war er der Sohn eines Kätners? Diese Gedanken beschäftigten Rønnaug auf dem Nachhauseweg.

4. Die Quittung

Es war schon spät, als Rolf zu seinem Vater nach Hause kam. Die Sonne war schon beinahe untergegangen, und die Waldvögel sangen ihr Abendlied für den Schöpfer, der für sie sorgte.

„Wo warst du so lange?"

„Ich habe nur einen Spaziergang gemacht", antwortete Rolf geistesabwesend.

„Es ist Zeit für die Pacht. Vielleicht bringst du Aae das Geld?"

„Ja, gib es mir, ich gehe schon."

Rolf ging schnellen Schrittes den Hügel nach Aabakken hinauf. Er ging in die Küche, begegnete Rønnaug und sagte: „Danke für letztes Mal." Und: „Ich möchte mit deinem Vater reden. Ich bringe die Pacht."

„Du bist ja sehr pünktlich, Rolf."

„Ja, das haben Vater und ich versprochen, und wir sind keine Lügner."

„Das dachte ich auch nicht."

„Natürlich nicht. Verzeihung!"

„Schon gut", sagte Rønnaug mit strahlenden Augen.

„Wo ist dein Vater?"

„Hier, geh nur hinein. Er ist allein."

Rolf wagte sich kaum hinein und errötete, als Rønnaug ihm einen Stuhl hinschob.

„Ich bringe Ihnen das Geld."

„Welches Geld?"

„Die Pacht für Grankveen.“

„Oh, du bist der erste, der in diesem Quartal bezahlt.“ Der Alte blätterte in einem großen Buch, fand „Grankveen“ mit den Rückständen von Jens Klæp, lächelte und sagte: „Es scheint, daß Grankveen jetzt einen anderen Pächter hat.“

„O ja, das kann sein!“

Der alte Aae schaute den bescheidenen gutaussehenden Mann an und fragte – nachdem er erst seine Silberrandbrille abgenommen und geputzt hatte: „Wo kommst du her?“

Rolf wunderte sich über die Frage, faßte sich jedoch und sagte: „Aus Bjellelid in Nørstad.“

„Aus der Gemeinde Nørstad?“

„Ja – Vater ist eigentlich etwas weiter südlich geboren, in der Nähe der Stadt.“

„Aha! Wie heißt du?“

„Rolf Andersen.“ Dabei schaute er zu Rønnaug hin, die bei seinen Worten errötet war.

Das bemerkte auch der Vater, als sein Blick auf seine Tochter fiel. „Ihr kennt euch wohl schon länger?“ fragte er.

„Aber nein“, sagte Rønnaug schnell. „Ich fand es nur seltsam, daß unsere Vor- und Nachnamen mit dem gleichen Buchstaben anfangen!“

Der Vater dachte nach und merkte, daß auch Rolf feuerrot geworden war. Verlegen saß der junge Mann da, zupfte an den Fransen seines Halstuchs und schaute dann und wann zu Rønnaug hinüber.

Plötzlich erhob Rolf sich und sagte: „In der Jugend fällt es einem leicht, Bekanntschaften zu schließen. Die meisten sind nur flüchtig, doch aus einigen wird Freundschaft."

Bei diesen Worten glich er eher einem Pfarrer als einem Bauern, er hatte wieder die Haltung und Sprache eines vornehmen Herrn angenommen, doch plötzlich – als würde er aus einem Traum erwachen – wurde er wieder der ungebildete Bauernjunge.

Seine Worte hatten eine magische Wirkung. Rønnaug hatte sich wieder gefangen, und wieder stand sie da und fragte sich, was für ein Mensch Rolf eigentlich war, der sowohl als Städter als auch als Bauer auftrat. Seine Worte kamen im richtigen Augenblick, sie sollten zwei Zwecken dienen, erstens dazu, Rønnaug aus der Verlegenheit zu helfen, und zweitens dazu, sie und ihren Vater von seiner eigenen Person abzulenken. Das gelang Rolf auch, denn er verlangte beim Abschied eine Quittung für den Betrag, den er bezahlt hatte.

„Eine Quittung?" wiederholte Ole Aae verwundert. „Du bist der erste, der eine Quittung für die Pacht fordert."

„Das kann sein, aber es ist sicher gut, eine zu haben. Das hat der Grundherr wohl noch nicht bedacht."

„Ja, wer denkt schon an so etwas?"

„Geben Sie mir bitte Tinte und Feder, Papier habe ich, ich reiße einfach eine Seite aus meinem Notizbuch, und Sie unterschreiben.“

Rønnaug brachte das Schreibzeug, und Rolf fing an zu schreiben. Er fing mit dem Wort „Quittung“ oben auf der Seite an und hatte noch nicht zu Ende geschrieben, da fragte Ole Aae: „Bist du wirklich ein Bauer, mein Freund?“

„Warum fragen Sie? Sieht man das nicht an meiner Kleidung?“

„Du schreibst so schön und schnell. Du bist sicher Sekretär in einem Büro!“ sagte Ole mit einem seltsamen Lächeln.

„Leider nicht“, seufzte Rolf. Wieder einer dieser Seufzer, die zu Herzen gingen.

Die Quittung war fertig, und er legte sie Ole Aae hin und bat um eine Unterschrift. Ole sah sich das Blatt Papier an. Eine so schöne Schrift hatte er noch nie gesehen, nicht einmal bei seinen Verwandten in der Stadt. Und dann die Eleganz, mit der er das Blatt hinlegte. Und was für zarte, gepflegte Finger. Die hatten sicher nicht die schwere Arbeit eines Bauern verrichtet.

Rolf ging. Und Rønnaug stand am Fenster und sah ihm nach, bis er verschwunden war.

5. Die Leute aus der Stadt

Es war spät am Abend, als Rønnaug ihren Platz am Fenster verließ. Als Rolf aus ihrer Sichtweite verschwunden war, stieß sie einen Seufzer aus, der jedoch längst nicht so schmerzerfüllt klang wie der von Rolf.

Plötzlich ging die Tür auf, und ihr Vater trat ein. Er sah grimmig aus. Er schien nach etwas zu suchen, und als sein Blick auf Rønnaug fiel, ging er zu ihr, sah ihr in die Augen und sagte barsch: „Wonach hältst du Ausschau?"

„Ich denke nach."

„Über Vagabunden oder Landstreichergesindel?"

Rønnaug begriff natürlich, was ihr Vater meinte, doch sie sagte: „Weder noch."

„Du hast in der Küche zu tun. An die Arbeit!"

Zögernd kam Rønnaug dem Befehl nach. Sie wäre gern stehengeblieben und hätte die Stelle angestarrt, an der Rolf verschwunden war, doch die Wünsche ihres Vaters waren für sie Gesetz, und sie mußte gehorchen. An diesem Abend war sie seltsam. Ihr gingen soviele Gedanken durch den kleinen hübschen Kopf. Ihr wurde leichter ums Herz, als die Glocke zum Abendessen rief.

Sie eilte erleichtert in die Kammer der Knechte und wurde von allen mit einem Lächeln empfangen. Die Männer saßen da und aßen Grütze mit Milch. Als Rønnaug erzählte, daß es morgen abend einen Ball geben würde, führten die Männer sofort an Ort und Stelle einen

Freudentanz auf. Sie wollten gar nicht ins Bett, doch die Mägde verlangten „Frieden".

Währenddessen geschah auf dem Hof etwas, das wert ist, erzählt zu werden.

Mehrere Kutschen, darunter ein Karriol, kamen durch die weißgestrichene Pforte und hielten vor der Tür. Der Stallknecht war auf seinem Posten, gab den Pferden Futter und Wasser, denn sie waren nach der langen Fahrt auf staubigen Landstraßen müde und brauchten eine Erfrischung. Er weinte jedoch bitterlich, weil die Gäste ihm kein Trinkgeld gaben. Es waren eine ganze Menge Kutschen, sechs Stück, schön und stattlich noch dazu. Feine Damen und Herren stiegen aus, und einem der Herren folgte ein kleiner Welpe, ein Neufundländer. Der zeigte dem Stallknecht seine weißen Zähne, da dieser sich so frei gefühlt hatte, ihm wegen der ausbleibenden Bezahlung einen kleinen Tritt zu geben.

Die Leute aus der Stadt, denn solche waren es, gingen durch die Haupttür hinein, wo schon Ole Aae in höchsteigener Person, seine Frau Bodil und seine Tochter Rønnaug standen, um die Gäste willkommenzuheißen.

Es kam ein siebter Wagen, mit dem Gepäck der Gäste. Gefahren wurde die Kutsche von einem jungen, aber sehr häßlichen und schmächtigen Mann. Seine großen Nasenlöcher blähten sich wie die Nüstern eines Pferdes. Seine Augen waren glanzlos wie bei einem gekochten Fisch. Die Nase wies einige Hügel und Täler auf, sie war lang, hatte jedoch keine Spitze. Es sah aus, als habe sie einst eine gehabt und als sei diese mit einem Schlag abgehackt worden. Um den Mund wuchsen Haare, die aussahen wie die Schnurrhaare einer Katze. Wahrscheinlich ließ der Mann sie wachsen, um seine hängenden Lippen zu verbergen, was jedoch gründlich mißlang, weil der Bart so dünn war. Er wurde Rønnaug als Student Horn vorgestellt, der zum Vergnügen mit nach Aabakken gekommen war. Er versuchte, sehr einnehmend zu wirken, doch davon konnte natürlich keine Rede sein.

Es war schon ziemlich spät, als dieser Gast nach Aabakken kam. Es war Zeit für das Abendessen, und die Gäste begaben sich ins Eßzimmer. Doch der erwähnte Horn saß still und reglos da, anscheinend ganz und gar versunken in den Anblick, der sich ihm bot. Dieser Anblick war Rønnaug. Er hatte sich ihr gegenüber hingesetzt, während sie an einem Strumpf strickte. Als er sah, daß diese Arbeit kein Ende nahm, schlug er vor, im Garten spazierenzugehen. Rønnaug war so in Gedanken, daß sie die Aufforderung nicht hörte oder eher nicht hören wollte.

Ihr Vater sagte: „Rønnaug, leg den Strumpf weg! Der Student möchte sich im Garten umsehen, begleite ihn."

Uff, wie gemein ihr Vater war! Sie wäre lieber eine ganze Meile marschiert, als mit einem solchen Kerl ein paar Schritte durch den Garten zu gehen.

Aber natürlich mußte sie höflich sein, also nahm sie ihr Umhängetuch – das sie auch selbst gestrickt hatte – und machte sich zum Aufbruch bereit.

„So, Herr Horn, nun stehe ich Ihnen zur Verfügung und führe Sie gern durch den Garten", sagte Rønnaug. Man hätte ihr kaum soviel Takt zugetraut, aber sie war ja mit den Leuten aus der Stadt bekannt und hatte einiges von ihnen gelernt.

Im Garten setzte Horn sich auf eine Bank, ohne die Blumen und das Obst anzusehen. Er wollte, daß auch Rønnaug Platz nahm, doch sie lehnte ab. Er saß lange da und sah Rønnaug an, ohne ein Wort zu sagen. Als er endlich den Mund aufbekam, sagte er etwas Belangloses über das Leben in der Stadt. Er fand, daß Rønnaug in die Stadt kommen sollte, um „Manieren" zu lernen. Rønnaug antwortete mit einem Schulterzucken: „Als Bauernmädchen brauche ich nicht mehr Bildung und Manieren, als ich schon habe."

Das sagte sie natürlich übereilt und ohne weiter nachzudenken. Manieren kann man nie zuviel haben, weder auf dem Land noch in der Stadt. Horn rückte Rønnaug immer mehr auf die Pelle. Zuletzt wollte er sogar, daß sie sich auf seinen Schoß setzte, aber Rønnaug weigerte sich entschieden. Der Leser wundert sich vielleicht über Horns Aufdringlichkeit, doch er war bis über beide Ohren in sie verliebt. Das begriff Rønnaug nur zu gut, aber sie tat so, als würde sie nichts verstehen.

„Möchten Sie jetzt vielleicht ins Bett gehen?" fragte Rønnaug.

„Wenn ich das will, wird es mir wohl gelingen, bestes Mädchen", sagte Horn, der sich von seiner vorteilhaftesten Seite zeigen wollte.

„Wenn Sie mitkommen, zeige ich Ihnen gern Ihr Zimmer."

„Danke, ich komme sofort." Er tat es ungern, doch nun mußte er mitgehen. „Gute Nacht", sagte er, als Rønnaug sich zum Gehen wandte, „schlafen Sie gut."

„Danke, gleichfalls." Rønnaug war froh, Herrn Horn so leicht losgeworden zu sein. Sie eilte die Treppe hinunter und hinaus ins Freie. Der Himmel war klar, die Sonne kaum noch zu sehen, ihre letzten Strahlen gaben zu erkennen, daß auch sie im Begriff war, sich zur Ruhe zu begeben. Aus dem Wald hörte man Vogelgezwitscher, der Duft der Gartenblumen lag in der Luft, und Rønnaug fand den Abend herrlich. Ohne nachzudenken, lief Rønnaug in den Wald. Sie summte das Lied vor sich hin, das sie schon gesummt hatte, als wir sie das letztemal im Wald gesehen haben, und vielleicht dachte sie an denjenigen, an den sie auch damals gedacht hatte. Wer war es?

6. Nächtliche Abenteuer im Wald

Als Rolf nach Hause kam, sah sein Vater ihn an und sagte: „Du bist spät, mein Junge."

„Ja! Ich hatte viel zu tun."

„Wie das?" wunderte sich der Vater.

„Dieser Grundherr ist kein Geschäftsmann. Er wollte mir keine Quittung geben, also mußte ich sie selbst schreiben."

„Du hast sie geschrieben?"

„Ja, warum nicht?"

„Es war unklug. Du bist zu dummdreist! Hat er keinen Verdacht geschöpft?"

„O nein."

„Das war das letztemal, daß du die Pacht ablieferst", sagte der Vater energisch und forderte die Haushälterin – seine Frau war nämlich tot – auf, Rolf sein Essen hinzustellen.

„Danke, ich habe keinen Hunger", sagte Rolf.

„Na, na! Was ist los?"

„Nichts."

„Dann geh ins Bett."

„Noch nicht. Ich mache erst noch einen kleinen Spaziergang." Mit diesen Worten ging Rolf zur Tür hinaus und lenkte seine Schritte in Richtung Pfarrhof. Heute – genauer gesagt, heute abend – trug Rolf andere Kleidung als beim letztenmal. Sie bestand aus grauem Wadmal: Ein Jackett, lange Hosen, Lederschuhe mit

Messingbeschlägen, eine Weste mit zwei Knopfreihen und eine seidene Hose, alles sehr modern geschnitten. Rolf sah in dieser Aufmachung, die ihm gut stand, aus wie ein Gentleman, und so bewegte er sich auch. Oben auf der Anhöhe bei Aabakken setzte er sich an eine blumenbewachsene Stelle, pflückte ein paar Vergißmeinnicht und band sie zusammen – mit einer Levkoje in der Mitte. Als der Blumenstrauß fertig war, steckte er es in den Gummigürtel seiner Hose. Jetzt stand ihm die Mütze noch besser als vorher. Er sah aus wie ein Künstler, der von einer Dame bekränzt worden war. Er setzte sich hin und stützte den Kopf in die Hand, starrte vor sich und dachte an den Tag, als er zuletzt hier gewesen war und wen er da getroffen hatte. Während er dasaß, rutschte ihm der Blumenstrauß von der Mütze. Er sah ihn an und sagte zu sich selbst: „Staub! Vom Staub sind wir gekommen, zu Staub werden wir. Es geht uns so wie diesen Blumen, eine Weile blühen sie, doch dann verwelken sie und sinken ins Grab. Oh! Wer darauf vorbereitet ist!“

Er saß noch nicht lange dort, da hörte er einen Laut, der klang wie Gesang. Er stand auf, hob den Blumenstrauß auf und heftete ihn an sein Jackett. Er ging dem Laut nach. Als er näherkam, hörte er deutlich, daß jemand sang, und er erkannte auch die Stimme. Es war Rønnaug. Er fragte sich, ob er zu ihr gehen oder umkehren sollte. Warum nicht hingehen? Rønnaug würde es sicher nicht übelnehmen, wenn sie gestört würde. Sie sah bekümmert und doch wunderschön aus. Er lauschte auf die Worte und verstand jedes einzelne:

„Einsam gehe ich und wandere hier,

Meine Gedanken sind bei dir.

Kommst du niemals mehr zu mir?

Sag es mir."

Sein Herz blutete, als er diese Worte hörte. Eifersucht stieg in ihm auf. Aber welchen Grund hatte er dazu? Er trat vor, räusperte sich einmal, und als Rønnaug aufblickte, sah sie den, von dem sie sang.

„Rolf!"

„Rønnaug!"

Und da lagen sie sich in den Armen. Er drückte ihr einen Kuß auf die Wange, und sie setzte sich auf seinem Schoß. Sie nahm ihm den Hut ab, strich seine weichen dunklen Haare glatt und wollte wissen, warum er bei ihrer letzten Begegnung – trotz ihrer Aufforderung – nicht länger geblieben war.

Er antwortete, daß er gefürchtet habe, ihr Vater würde aus dem Fenster schauen und sie beide sehen – und außerdem mißfielen ihm solche Zusammenkünfte. Sie war der gleichen Meinung und dankte ihm für seine Umsicht.

„Sieht dein Vater uns jetzt nicht?"

„Das glaube ich nicht, er liegt sicher schon im Bett."

„Aber wenn nicht, sieht er vielleicht doch, und das würde keinen Anklang bei ihm finden! Für mich ist es egal, aber es ist schlimmer für …“

„Pst!“ Sie nahm Rolfs Hand und drückte sie. Den freien Arm schlang sie ihm um den Hals. „Da kommt jemand!“
Er strich ihr über die Wange und setzte sie neben sich. „Sieh nur“, sagte er dann.

Das Geräusch kam näher – es war Rønnaugs Vater. Er marschierte mit zorniger Miene auf Rønnaug zu, packte sie am Arm und zog sie mit sich, ohne etwas zu sagen.

Rolf blieb nachdenklich sitzen. Es war seltsam, daß Ole Aae kein böses Wort sagte, weder zu Rønnaug noch zu Rolf; letzteren hatte er allerdings ignoriert.

Was sollte Rolf jetzt tun? Es ärgerte ihn, daß so etwas vor seiner Nase geschehen war und er sich nicht einmal von Rønnaug hatte verabschieden können. Er sprang auf und eilte den beiden nach.

Auf dem Weg hörte er die zornige Stimme von Rønnaugs Vater, und er fürchtete, daß dieser das Mädchen in seinem Groll hart anpacken würde, ja sogar, daß er Rønnaug ungeachtet ihrer fünfzehn Jahre eine Tracht Prügel verabreichen würde. Rolf rannte, blieb stehen, lauschte und eilte wieder weiter, so schnell er konnte. Er holte die beiden ein, als sie gerade im Begriff waren, von der Hauptstraße in Richtung Aabakken abzubiegen. Jetzt verlangsamte Rolf sein Tempo.

Ole Aae sah sich um und entdeckte Rolf.

Rolf nahm höflich den Hut ab, doch der verbitterte Alte erwiderte seinen Gruß nicht.

„Habe ich Sie gekränkt?" fragte Rolf und holte Atem.

„Was läufst du hier herum und verführst Rønnaug?"

„Verführen? Wir sind uns im Wald begegnet."

„Begegnet? Du bist ihr nachgeschlichen – ich habe es gesehen!"

„Das ist eine verdammte Lüge", antwortete Rolf aufgebracht.

„Nein, Vater, es ist nicht wahr. Rolf ist unschuldig."

Sie waren jetzt bei der Pforte angekommen – der großen weißgestrichenen Pforte. Hier saß ein Bronzelöwe, der sich mit seinem Glanz von dem geteerten Pfad abhob.

„Ja, dann ist er eben unschuldig, aber du gehst jetzt sofort ins Haus und ins Bett – Punkt!"

„Komm, Rolf! Sag mir gute Nacht!"

„Gute Nacht, und schlaf gut!" Rolf wandte sich zum Gehen.

Rønnaugs Vater folgte ihm seltsamerweise. Als sie wieder auf der Landstraße waren, brach Ole Aae das Schweigen.

„Wie lange wirst du bei deinem Vater auf Grankveen sein?"

„So lange wie er."

„Und wie lange ist das?"

„War es nicht bis zum Herbstthing?"

„Und wo gehst du dann hin?"

„Nach Rørstad, denke ich."

„Gehst du morgen in die Kirche?" wechselte Ole plötzlich
das Thema.

„Nein, ich gehe nicht."

Willst du morgen abend zu unserem Ball kommen?"
fragte Ole.

„Ja, gern!" antwortete Rolf. „Gute Nacht, Aae!"

Beide gingen nun ihrer Wege, Ole Aae auf seinen großen
Bauernhof und Rolf in seine bescheidene Hütte. Auf dem
Nachhauseweg grübelte er, was Ole Aae bewogen hatte,
ihn plötzlich so milde zu behandeln, nachdem er kurz
zuvor noch zornig gewesen war – und ihn sogar zum Ball
einzuladen.

7. Das Geheimnis kommt ans Licht

Der Morgen brach an. Die Sonne schien. In den Bäumen saßen Hunderte Vögel und sangen, der Himmel war klar und blau. Kein Lüftchen wehte. Inmitten der Stille der Natur saßen zwei Liebende an dem kleinen Fluß am Fuß von Aabakken. Es waren Rolf und Rønnaug. Sie waren früh auf, und da das Wetter so schön war, genossen sie den herrlichen Morgen. Wenn Ole Aae sie gesehen hätte, hätte er sicher gesagt, daß Rolf ihr wieder „nachgeschlichen" wäre, doch das war nicht der Fall. Die mächtigen Hände des Schicksals hatten sie an diesem Fluß zusammengeführt. Hier saßen sie. Rolf strahlte vor Freude, weil er seinen geliebten Schatz auf dem Schoß hatte, Rønnaug völlig hingerissen von der Natur und selig über Rolfs Liebe.

„Wie hast du nach dem Streit geschlafen?" fragte Rolf.

„Oh – ganz gut."

Sie saßen eine Weile schweigend da, dann nahm Rolf Rønnaugs Hände in seine. Und er sagte: „Da wir nun Freunde fürs Leben sind, habe ich beschlossen, dir heute zu erzählen, mit wem du Freundschaft geschlossen hast, wen du liebst und mit wem du redest." So fing er an. „Ich bin in der Stadt geboren. Meine Eltern wohnten dort und waren reiche Kaufleute. Mein Vater beschloß, daß ich – wenn ich erst alt genug wäre – sein Partner werden sollte. Ich hatte nie großes Interesse am Geschäft, ich wollte studieren. Vater war nicht einverstanden. Er meinte, ich hätte ‚das Zeug zu etwas anderem als zum Pfarrer‘, und ich glaube gern, daß ich auch nicht das Zeug zum Geschäftsmann hatte. Aber ich wußte, was ich wollte, und ich wollte studieren. Auf einmal starb meine geliebte Mutter.“ Hier hielt Rolf inne und trocknete sich die Augen mit dem Hemdsärmel. „Als Mutter tot war“, fuhr er fort, „ging ich wieder nach Hause zu Vater. All meine Lust zum Lernen war mit meiner Mutter gestorben. Ich kann nicht sagen, warum, aber ich empfand insgeheim Abscheu vor der Universität und den Professoren, ja, für den gesamten Klerus. Nun widmete ich mich mit Eifer dem Geschäft. Das, was ich zuvor abgelehnt hatte, zog mich nun an. Vater war ein großer Unternehmer. Er machte Geschäfte im Ausland mit mehreren Handelshäusern. Er war sehr stolz auf seinen Sohn, wenn dieser sinnvolle Antworten auf seine Fragen geben konnte. Sein größter Wunsch war, mich auszubilden, damit ich ein ebenso erfolgreicher Kaufmann würde wie er. Auf einmal änderten sich die Geschäfte. Mein Vater hatte einen Berg Schulden angehäuft – einmal bei einer Bank, dann wieder Aktien bei mehreren Dampfschiffen. Dann gingen mehrere kleine Kaufleute in der Stadt bankrott, und Vater mußte dafür bürgen. Kurz: Er hatte sich mit unglücklichen Spekulationen ruiniert. Er überlegte hin und her, all die verwünschten Wechsel zu stoppen, ebenso, das Handelshaus *Sonnenfield & Co.* als bankrott zu melden, doch sein Stolz ließ es nicht zu. Dann kam eines Tages ein Verwalter in unser Büro. Ich stand dabei und arbeitete so angestrengt, daß mir der Schweiß auf der Stirn stand – ich war dabei, eine Forderung einer ausländischen Firma zu beantworten. Er brachte einen fälligen Wechsel.

‚Wir haben kein Geld‘, sagte Vater.

Der Verwalter ging.

Da sah ich Vater vor Verzweiflung beinahe untergehen.

‚Knud‘, sagte er (ich – heiße nicht Rolf).

‚Was willst du, lieber Vater?‘

‚Hören, was wir deiner Meinung nach tun sollen.‘

‚Die Forderungen der Gläubiger erfüllen, soweit wir können‘, sagte ich.

‚Das ist nicht meine Absicht.‘

‚Was ist denn deine Absicht?‘

‚Das wirst du schon sehen.‘

Ich arbeitete rastlos und fieberhaft weiter. Als ich nach Hause kam, hörte ich, daß Vater krank sei. Ich eilte zu ihm und fand ihn in heftigem Fieber vor, er phantasierte. Ich ließ sofort den Arzt rufen, doch der sagte, es sei zu spät. Vater lag im Sterben, er hatte einen Schlaganfall erlitten. Ich wachte die ganze Nacht an seinem Bett, und am nächsten Mittag schlief mein Vater – im Vollbesitz seiner geistigen Kräfte – für immer ein.“ Hier hielt Rolf – wir wollen ihn so nennen – inne und wischte sich eine Träne weg.

Rønnaug strich ihm über die Wange und nahm seine Hand. Sie saßen lange da und sahen sich an. In seinen Augen brannte ein seltsames Feuer, doch er war mild und liebevoll.

„Wie kam es dazu?" fragte Rønnaug kaum hörbar. Es klang, als hätte sie Angst vor der Antwort.

„Ja, laß mich die Geschichte zu Ende erzählen. Ich ging trostlos in den Laden hinunter und verabschiedete unsere Leute. Ich war hungrig, durstig und müde, aber vor Kummer brachte ich nichts hinunter. Das erste, worauf mein Blick fiel, als ich ins Büro kam, war eine viereckige Schatulle, hübsch mit Eisenbeschlägen und mit einem Schloß versehen. Der Schlüssel war mit einem Seidenband am Henkel festgebunden und steckte mitten im Knoten. Auf der Schatulle stand: ‚Knud Sonnenfield'. Sie war also für mich. Ich zerschnitt das Band, an dem der Schlüssel befestigt war, und schloß die Kassette eiligst auf. Das erste, was ich sah, war ein Brief an mich." Bei diesen Wortengriff Rolf in seine Tasche und holte ein Notizbuch heraus. Er blätterte darin und fand den Brief.

„Hier ist er – hör zu, dann lese ich dir vor, was Vater wünschte.

‚Erst nach meinem Tod öffnen! Knud Sonnenfield!

Ich spüre nun, daß ich bald Deiner seligen Mutter folgen werde. Es ist mein Wunsch, daß Du gut versorgt bist. In der Kasse findest Du 15. 000 Speciedaler. Die werden Dein Auskommen sichern. Damit die Gläubiger Dich

nicht erwischen, geh eine Weile aufs Land, und wenn dort Dein Blick auf eine ‚Dorfschönheit‘ fällt, erwähle sie Dir zur Lebensgefährtin, vorausgesetzt, sie erfüllt Deine Forderungen. Wende Dich an meinen Freund, Herrn Anwalt Lombe. Mach ihn zu Deinem Vertrauen und laß Dich von ihm beraten, wie Du auftreten sollst. Auf dem Lande kannst Du einen Bauernnamen annehmen, zum Beispiel Rolf Andersen, und Dir einen Geschäftspartner suchen, wenn Du z. B. – um jeden Verdacht von Dir abzulenken – eine Weile Kätner auf irgendeinem Hof wirst. Diesem Mann mußt Du alles erzählen und ihn bitten, Dich nicht zu verraten. Gib ihm etwas Geld dafür. Meine Zeit ist kurz, und ich empfehle meine Seele Gottes Hand. Leb wohl! Leb wohl, Knud! Möge Gottes schützende Hand immer über Dir wachen. Ich hoffe, Du hörst auf meinen Rat. Das ist mir wichtig.
Leb wohl, Knud! Und vergiß nicht den Rat Deines sterbenden Vaters. Ich gehe nun in die Ewigkeit ein mit Deinem Segen auf den Lippen. Gott helfe Dir und Deinem sterbenden Vater
Rich. Sonnenfield.
P. … Juni 18**“
Hier hielt Rolf inne, weil er weinen mußte. Rønnaug tröstete ihn damit, daß er ja getan habe, worum sein seliger Vater ihn gebeten hatte.
„Ich habe *nicht* alles getan, worum Vater mich gebeten hat.“

„Vielleicht findest du nicht, daß es dir nützt?"

„Doch, es nützt uns beiden, vorausgesetzt, daß du die ‚Dorfschönheit' sein willst, von der Vater gesprochen hat."

„Ja, o ja!" antwortete Rønnaug entzückt und schlang Rolf die Arme um den Hals.

„Wirklich?"

„Ja, wenn du auch willst."

„Wie kannst du das nur fragen, meine liebe Rønnaug! Mein Glück ist vollkommen, wenn du mir gehörst."

„Ja, auf Zeit und Ewigkeit!"

Eine innige Umarmung folgte darauf, und zum erstenmal drückte Rolf einen Kuß auf Rønnaugs Lippen. Es war für beide der schönste Augenblick ihres Lebens, und alle Liebenden kennen diesen Moment. Der Himmel, die Wiese, das Wetter und der kleine silberne Bach, alles ringsum war wunderschön, über und unter dem Paar. Aber Rolf und Rønnaug hatten nicht viel Zeit, sich in den Armen zu liegen und Gottes herrliche Natur zu bewundern.

Die Uhr auf Aabakken schlug acht, und man würde Rønnaug bald am Tisch vermissen. Sie machte Rolf – wenn auch schweren Herzens – darauf aufmerksam, und er sagte bekümmert, daß sie gehen müsse.

„Schluß jetzt – ich muß abreisen."

„Wohin? Und wann?" fragte Rønnaug niedergeschlagen.

„Jetzt – heute abend."

„Großer Gott“, sagte Rønnaug und ließ sich ins Gras sinken.

Rolf zog sie hoch und erklärte in gewählten Worten, daß die Fahrt zu Anwalt Lombe unumgänglich sei. „Aber“, schloß er, „mach dir keine Sorgen deswegen, ich bin in einem Monat wieder da, und dann führe ich dich als meine Braut heim.“

Diese Worte beruhigten sie ein wenig, aber sie war trotzdem bekümmert bei dem Gedanken an den Abschied, doch es mußte sein.

„Vielleicht sehen wir uns nicht mehr, um einander auf Wiedersehen zu sagen, deshalb tue ich es jetzt.“ Damit nahm er Rønnaug in die Arme und gab ihr einen langen innigen Kuß. „Leb wohl, meine Rønnaug! Liebe mich weiterhin so wie die ganze Zeit, auf mich kannst du dich verlassen.“

„Ja, immer. Verlaß dich auch auf mich.“

„Ja. Wir sehen uns in einem Monat.“

8. Kapitel: Große Veränderungen. Die Heimkehr

Aber seit diesen Worten war ein Jahr vergangen. Immer noch hatte Rønnaug nichts von ihm gesehen. Trotzdem hielt sie sich an ihr Versprechen. Viele reiche vornehme junge Männer hatten um ihre Hand angehalten, doch Rønnaug erinnerte sich stets an die Worte „Du kannst mir vertrauen, wir sehen uns in einem Monat".

Ihrem Vater gefiel es nicht, daß Rønnaug alle ablehnte. „Du mußt dich für einen entscheiden, Rønnaug", sagte er oft.

Aber sie hatte sich schon ja für einen entschieden. Müßte er nicht bald kommen?

*

Auf Grankveen waren im vergangenen Jahr große Veränderungen vor sich gegangen. Anders und Rolf waren weggezogen.

„So gewissenhafte Pächter für Grankveen bekomme ich nie wieder", pflegte Ole Aae zu sagen, wenn von Rolf und Anders die Rede war.

Und das stimmte. Auf Grankveen wohnte jetzt ein anderer Mann. Er war auch strebsam und fleißig, aber ach, er war arm. Er hatte Mühe, die Skillinge zusammenzukratzen, um die Pacht aufzubringen. Ole Aae wurde darauf aufmerksam, weil Rønnaug es ihm erzählte. Sie wußte von der wirtschaftlichen Situation des Mannes, und Ole Aae gab ihm das Geld zurück, als er es hörte. Er erließ dem jungen Mann seine Schulden.

*

Eines Abends nach einem heißen Sommertag saß Rønnaug Aae auf der Gartenmauer. Sie hatte eine Näharbeit auf dem Schoß liegen, und ihre zarten Finger arbeiteten fieberhaft daran. Sie wurde müde.

Am besten mache ich Spaziergang, dachte sie. Gedacht, getan. Sie ging den Weg entlang, der zum Pfarrhaus führte. Zu dem Hügel, auf dem soviele Blumen wuchsen, begab sie sich, pflückte ein paar und machte einen Strauß daraus.

Rønnaug war hübsch an diesem Abend. Sie trug ihr gestreiftes Mieder, und die Haare hingen ihr offen über die Schultern. Sie war etwas blaß, aber eine „Dorfschönheit“ war sie auf jeden Fall. Sie summte ein Lied vor sich hin, und zwar das, das sie gesungen hatte, als sie Rolf hier zuletzt begegnet war. Es ging so:

„Immer noch gehe und wandere ich,

Ständig denke ich an dich.

Kommst du nie zu Rønnaug zurück?

Du fehlst ihr noch zu ihrem Glück.“

Sie sprang auf. Das Geräusch von Pferdehufen traf ihr Ohr. Sie schaute die Landstraße hinunter und sah – einen Wagen. Sie ging den Weg hinunter. Der Wagen blieb stehen, und ein hübscher junger Herr in schöner Tracht stieg aus. Er eilte Rønnaug entgegen. Ein Schrei – und Rønnaug lag Rolf im Gras zu Füßen. Er hob sie auf und trug sie in den Wagen. Dort kam sie wieder zu sich. Es folgte eine lange innige Umarmung – und der Pakt war besiegelt. Sie war wieder Rolfs „eigene liebe Rønnaug".

„Warum bist du so lange weggeblieben?" fragte sie vorwurfsvoll.

„Weil – weil – ich – ja, du wirst es erfahren."

Sie waren bei der Pforte angekommen und stiegen aus.

Vater Aae stand wieder in der Tür, seine Frau Bodil jedoch nicht. Wo war sie? Bei ihren Vätern.

„Vater! Vater! Ich habe mich für einen entschieden", rief Rønnaug entzückt. „Das ist Rolf Grankveen – oder Knud Sonnenfield."

„Was?" rief der verblüffte Vater.

Rolf ergriff das Wort: „Vorausgesetzt, daß Sie einwilligen, haben ich und Rønnaug uns gegenseitige Liebe geschworen. Darf ich um Ihre Erlaubnis bitten?"

„Erlaubnis? Liebt einander, solange ich lebe, wie heute abend. Kommt herein, ich gebe euch meinen Segen."

Das waren die Worte des alten Ole Aae.

Als der Morgen anbrach – es war ein Sonntag – anbrach, ging der alte Ole Aae selbst zum Pfarrhof. Diesmal bestellte er ein Aufgebot für Knud Sonnenfield und seine Tochter Rønnaug. Knud Sonnenfield – er hatte seinen richtigen Namen wieder angenommen – hielt sich noch zwei Monate mit seiner glücklichen Frau auf Aabakken auf. Danach zog er mit seiner Frau und dem Segen seines Schwiegervaters wieder in seinen Geburtsort.

Schon einen Monat später kam ein Brief von Vater Aae, in dem stand, daß er so schnell wie möglich mit Rønnaug zu ihm kommen müsse. Sie kamen gerade noch rechtzeitig, um das Testament und das letzte Lebewohl von dem sterbenden Alten zu empfangen. Nachdem sie ihn begraben hatten, verließen sie Aabakken und zogen in die Stadt, wo sie unabhängig leben konnten, mit Knuds Geld und Rønnaugs Erbe. Hier begannen sie einen ausgedehnten Handel und lebten in Liebe und Reichtum, wohltätig und freigebig gegenüber Armen und Bedürftigen. Sie erinnerten sich an Knuds Ankunft, seinen Aufenthalt auf und seine Abreise von Aabakken und seine lange erwartete Rückkehr, um Rønnaug als seine Braut heimzuführen, und Rønnaug vergaß nie sein rätselhaftes Benehmen.

© 2025 Nadine Erler, Knut Hamsun
Verlag: BoD · Books on Demand GmbH, Überseering 33, 22297 Hamburg, bod@bod.de

Druck: Libri Plureos GmbH, Friedensallee 273, 22763 Hamburg
ISBN: 978-3-8192-4863-4